ちっぽけにゃんこ、旅に出る

chippoke nyanco tabi ni deru

椎野さちほ

Shiino Sachiho

文芸社

CONTENTS

子猫の決意

帰る場所が見つからない
生きてく道が見つからない
射し込む光が見つからない
一人ぼっちの迷子の子猫
何の為に生まれてきたの？
子猫の小さな頭には
大きな大きな悩み事
一人で生きていくのは困難だけど
しょうがないよね
誰も居ないんだもん
何も無いんだもん
だったら一人で乗り越えなくちゃ
子猫の知恵を振り絞って
明日への道を見つけなきゃ

迷子になってる暇は無い
生まれてきた意味なんて
どうでも良い
この世に生を受けたからには
目一杯生きなくちゃね
見つからなければ探せば良い
見つからなければ作れば良い
子猫の力を見せてやる！
一人ぼっちの迷子の子猫が
どんなに強いかって事を
思い知らせてやらなくちゃ

恋をしようよ

君と一緒に今年も桜並木を歩くんだ
僕らの訪れを待っているかのように
見事なまでのピンク色
ねぇ　踊ろうよ
優しい風が君のスカートを
ふわふわ揺らすこの道で
ねぇ　キスしようよ
とろけるような熱いキスを
たくさんの花吹雪の中で
ねぇ　踊ろうよ
柔らかな風が君の髪を
ふわふわ揺らすこの道で
ねぇ　キスをしようよ
ついばむような笑えるキスを

妖精たちがうらやむように
二人が溶け合って　混ざり合って
まるでチョコレートみたいに
一つになって　熱くなって
ねえ　恋をしようよ
この桜吹雪のまんなかで
とろけるような　夢のような
恋を二人で一緒に
ねえ　恋をしようよ

手紙

親愛なるあなたへ
お元気ですか?
あたしは毎日頑張っています

毎年桜の季節になると
決まってあなたを思い出します
あなたと出会った頃を思い出します
ピンクのアーチの下を
肩を並べて歩いた頃を
坂道を笑いながら歩いた頃を
いろんな季節が巡り巡って
またこの季節が来て
やっぱりあなたを思い出します
花吹雪の中で笑い合った日々を

離れ離れになった日も
あたしは毎日頑張っています
時々落ち込む事もあるけれど
毎日前を見て歩いています
お元気ですか？

愛の庭

ねえ　お願いだから
名前を呼んでよ
嘘でも良いのさ
かりそめでも良いんだ
だから
愛してると　囁いて
離さないと　抱きしめて
一緒だよと　見つめて欲しい
君の心は愛情で一杯
まるで楽園に居るよう
君の愛で溢れた庭に
僕も一緒に咲かせてよ
綺麗な花を咲かせるから
強い花を咲かせるから

ねぇ　お願いだから
名前を呼んでよ
嘘でも良いのさ
うたかたでも良いんだ
だから
愛してると　囁いて
離さないと　抱きしめて
一緒だよと　見つめて欲しい
ねぇ　お願いだから
名前を呼んで
君の愛の庭に
僕も一緒に咲かせて欲しい
ねぇ　お願いだから
名前を呼んで

砂の城

摑んでも摑んでも
指の間をすり抜ける砂のように
あなたを繋ぎとめておく事は出来ない
追いかけても追いかけても
手の届く事のない月のように
あなたを抱きしめ続ける事は出来ない
それでも
一秒でも長くあなたと一緒に居たいから
今日も明日もあさっても
あなたを愛し続ける
これが私の使命
これが私のすべて
作っても作っても
波にさらわれて崩れる砂の城のように

あなたへの愛を形にする事は出来ない
それでも
一秒でも長くあなたを見つめて居たいから
今日も明日もあさっても
あなたを愛し続ける
これが私の使命
これが私のすべて

春

クローバーの野原に寝転んで
雲が動くのを眺めていました
風が春を教えてくれました
花から花へ蝶々がヒラヒラ飛んでいました
とても綺麗な午後でした
タンポポが咲き乱れる野原に寝転んで
空の青さを眺めていました
風が春を教えてくれました
白いわたげがふわふわ飛んでいました
とても穏やかな午後でした
今度はあなたと一緒に
野原に寝転びましょう
春の匂いを分かち合いたい

ジャンプ

ほら　暖かい風が吹いて来た
きっと春の訪れなんだよ
そろそろ君も重いコート脱いで
そとに出掛けてごらんよ
何か新しい発見があるかもよ
何か新しい出会いがあるかもよ
ほら　一歩踏み出すだけで良いんだよ
きっと春が背中を押してくれる
そうすれば君も軽くなって
そとを自由に飛べるようになるよ
どこまでも遠く　自由に飛べるよ
この風に乗って飛んでごらんよ
恐くないよ
僕が傍についているから

一緒に春の空を飛ぼうよ

桜

今日の空はあたしの心みたいね
今にも泣き出しそう
季節は巡って桜も咲くのに
あたしの気持ちだけ雪の中
忘れてきちゃったの
どうしたら心を連れてこれるか
忘れちゃった
雪の中に置いてきた気持ちを
どうしたら満開に出来るの?
誰か教えてよ
時間が消化してくれない気持ちを
どうしたら咲かせる事が出来るの?
誰か教えてよ　ねぇ　誰か教えて
ほら　今日の空があたしの心

そのまま映してる
最初の雨粒が落ちたら
それはあたしの涙ね
いつかは晴れるかもしれないけど
今はまだ無理ね
桜に間に合うかしら
あたしの心

空を飛ぶ

この惑星の上で
僕の存在は余りにも小さい
僕の中では
君の存在は余りにも大きい
もしも　僕らが手を繋げば
この空だって飛べるはず
小さな僕を君が導いてくれる
そんなふうに願ってるんだ
情けないかもしれないけれど
君が僕を導いてくれる
もしも君と手を繋げたら
この空も大地も僕らのモノ
君と一緒に世界を回りたい
そんなふうに願ってるんだ

情けないかもしれないけれど
この惑星の上で
僕の存在は余りにも小さい
でもね
君の中で大きければそれで良いんだ
僕が思ってるように
君も同じ様に思ってくれれば
それでいいんだ
「私の中であなたの存在は大きいのよ」って
君がひとこと言ってくれれば
「私の中であなたはオンリー・ワンなのよ」って
君がひとこと言ってくれれば
きっと僕らはこの惑星の上で
一番大きな存在になれる
お互いに
世界中の誰よりも

大きな存在に
そしたら二人で空を飛ぼうね
世界中を手を繋いで一緒に
空も大地も海も全部僕らのモノ
そんなふうに生きて行けたら幸せだね

春の思い出

ナズナの揺れる野原で
初めてキスをしたね
ちょっと緊張しちゃって
手が震えたよ
チョウチョが僕らの回りを飛んでたね
まるで祝福するみたいに
小鳥がついばむような
軽いキスをしたね
だから僕は毎年
この季節になると思い出すんだ
君と初めてキスした事
君と初めて手を繋いだ時
君と初めて出会った頃を
だから僕はこの季節がダイスキなんだ

かさぶた

腕についた小さな傷跡
かさぶたになっちゃった
とっても気になるの
あなたが昨日私に言った言葉のように
気がつくと触っちゃう
心の中にすとんと落ちた
あなたの言葉のように
気になっちゃうの
気がつくと触ってるのよ
ずっと考えてる
どんな意味なのかなって
どんな気持ちだったのかなって
わからないまま
今日も気がつくと触ってる

小さな小さなかさぶた
心の中に小さなかさぶた

まるで仔猫

僕の小さな可愛い彼女は
まるで仔猫
クルクルと表情が変わる
昨日と今日では顔が違う
言葉も違う　すべてが違う
じゃれてきたと思ったら
次の日には僕を突き放す
僕の小さな可愛い彼女は
まるで仔猫
一人で凛と立つ姿が綺麗
昨日も今日もふと見ると
遠くを　近くを見つめてる
振り向いたと思ったら
何かを必死に求めてる

僕の小さな可愛い彼女は
まるで仔猫

桜の道

この川べりの桜並木が
僕のお気に入り
春になるとピンクのアーチが
とても綺麗なんだ
柔らかな風に揺れる
小さな花びらが
とても可愛いんだ
いつか君と一緒に
歩けたら良いな
手を繋いで　しっかり繋いで
のんびり楽しい会話を交わしながら
いつか君と一緒に
歩けたら良いな
僕のお気に入りのこの道を

いつかはきっと君と一緒に

NANAへの気持ち

まだ薄暗い朝もやの中
ピンクのモヘアが似合う君に会える
小さく震える可愛い唇で
「おはよう」って僕に囁いてくれる
朝一番に君に会える幸せ
黄金色の野原の真ん中で
オレンジのトレーナーが似合う君に会える
小さく可愛い手を振って
「こっちだよ」って僕を導いてくれる
夕陽を一緒に見られる幸せ
雪の降り積もる静かな真夜中
赤いブランケットに包まった君に会える
小さく震える可愛い唇で
「おやすみ」って僕に囁いてくれる

眠る前に君に会える幸せ
これだけで明日をドキドキ過ごせるよ
これだけで僕の人生はばら色

親愛なるマギー

あなたの瞳を私は忘れない
あなたの熱のこもった声を
私はいつまでも忘れない
皆と一緒に
あなたをいつまでも見つめてる
あなたの姿を私は忘れない
あなたの身体一杯の愛情を
私はいつまでも忘れない
皆と一緒に
あなたをいつまでも見つめてる
あなたをいつまでも見守ってる
あなたをいつまでも追いかける
あなたをいつまでも忘れない
世界が幕を閉じるその時まで

私はあなたを忘れない
私はあなたを思い出す
私はあなたを見つめてる
私はあなたを見守ってる
私はあなたを追いかける
どこまでも　いつまでも
あなたの瞳を私は忘れない

コデマリ

コデマリの咲き乱れる小道を
君とこうして歩くのも
もう何度目の季節だろう
白い小さな花が風に舞う時
君の笑顔とオーバーラップするんだよね
眩しい笑顔のステキな君には
いろんな花が似合うけど
この白くて小さい　ふわふわ揺れる
コデマリの花が一番似合う事を
僕は知ってる

プロポーズ

街で偶然君を見かけてから
僕の心は決まってたんだ
僕の人生を変えてくれるのは
君なんじゃないかってね
君と一緒に過ごすようになってから
気が付いた事があるんだ
同じ映画の同じシーンで一緒に泣いたり笑ったり
同じ音楽の同じフレーズを何気に一緒に口ずさんだり
僕等が知り合ったのは
偶然なんかじゃない
やっぱり運命だったんだ
だって君の言葉一つで
僕の心はこんなにも揺れ動く
だって僕の言葉一つで

君の心もこんなにも揺れ動く
二人は運命共同体なんだよ
いつか僕等が年を取って
頭が白くなっても
このまま君といつまでも
一緒に笑って過ごせたら良いね
このまま君と手を取り合って
一緒に笑って過ごせたら良いね

言葉

そいつは僕の頭の中でグルグル回る
どんなにもがいても　どんなにあがいても
グルグルグルグル　まるでメリーゴーラウンド
些細な言葉で始まった恋は
ほんの些細なひとことで終わる
君のたったひとことが　僕の頭の中をグルグル回る
心に刺さった言葉は
簡単には癒されない
もうきっと　僕がどんなに頑張っても
君に刺さったトゲは抜けないんだろう
溢れる涙も渇く事を知らないだろう
もしかしたら僕の言葉がチクチク刺さってたのかな
気が付かなかっただけで　見えなかっただけで
チクチクチクチク　まるでバラのトゲのように

自然と溢れる言葉の中で
自然に受け入れた言葉の数だけ
僕のたったひとことが君の心をチクチク刺してた
心に刺さった言葉のトゲは
簡単には癒されない
言葉が無ければ良かったのかも
心が形で見えてくれたら治せたのかも
溢れる涙もきっと止まったはず

言葉なんて欲しくなかった
見えない心を読めれば良かった

だけど僕にはそれが出来ないから
言葉で語り続ける
そいつがグルグル回っても
トゲがチクチク刺さっても

僕には言葉しかないもの
見えない心を読みたいよ
僕には言葉しかないもの

あなたを守る方法

どうしたらあなたを守ってあげる事が出来るのかな
傷付いて羽根を休めてるあなたを見てるのに
何もしてあげられないの
どんな言葉を掛けたら良いのかもわからない
温もりを与えたくても
あなたは遠い
声の限りに叫んでも
あなたは遠い
どうしたらあなたを自由にしてあげられるのかな
暗闇で迷子になってるあなたを見てるのに
何もしてあげられないの
ごめんね
私の小さな手の平ではあなたを守れない
ごめんね

あなたから貰った勇気の代わりに
あなたを守りたいのに
何も出来ない私を許してね
ごめんね、ごめん
何度も呟いてみる
小さく震える口で呟くだけ
ごめんね、ごめんなさい
でもね、愛してる
あなたを守る術《すべ》が見つかったら
真っ先にあなたの元へ飛んで行くわ
待たなくてもいいの
あなたの道が見つかれば
そこを真っ直ぐ歩いて欲しい
あなたを守れない私を許してね
あなたのすべてを包み込める
大きくて暖かな羽が準備出来たら

真っ先にあなたの元へ飛んで行くから
待ってて欲しいけど
待たなくていいの
あなたがいる　それだけで幸せだから
ごめんね…………
せめてあなたに　くちづけを

小さな心

心の底からわきあがる　この気持ち
愛しいあなたは遠い空の下
逢えなくても　声が聴けなくても
私にはわかる
あなたの息遣い　そして温もり
あなたを手に入れるためなら
私は悪魔になってもかまわない
それであなたの心に
触れる事が出来るなら
だけどあなたはとても遠い
手を目一杯伸ばすから
お願い
私を見つけて

I wish

君と一緒だったならば
きっとどこまでも飛んでいける
そんな気がするんだ
この広い草原を
雲に乗って見渡せる
そんな気がするんだ
ダーリン、一緒に逃げたいよ
輝く宝石もキレイな服も
何もいらない
ダーリン、一緒に逃げたいの
二人だけの世界で夢見よう
未来を見つめて二人だけで

小さな願い

もしも願いが叶うなら
迷わずあたしは白い雲になるだろう
青い空を自由に流れる白い雲に
ピンクの花吹雪が舞う日は
小さな花びらをわけてもらっておめかし
セミの声が緑の中にこだまする日は
眺めてくれる瞳に七色のコントラストをプレゼント
紅と黄金の季節になったらユラユラと
肌を突き刺す風が冷たい日には
一緒にちょっとイタズラして白い雪を
あの人が暑がってたら日陰を作ろう
あの人が寒がってたら太陽を連れてこよう
あの人が楽しんでたらフワフワ漂うかな
あの人が辛そうだったら涙の代わりに雨を

いつも空から見つめていたい
いつも空から守ってあげたい
いつも空からエールをおくりたい
だからあたしは白い雲になるだろう
そして空からいつもあの人を見つめよう
白い雲になって
毎日空からいつもあの人を見つめよう

さよなら、涙

どれだけ流せば　涸れてくれるのかな
思い出すたびに　零《こぼ》れ落ちていくのに
今日もまた　泣いちゃうあたし
いろんな事で頭の中を一杯にしてるのに
新しい気持ちを見つけては
いろんな事で心の中を一杯にしてるのに
ああ　今日もまた泣いちゃうのかな
毎日　机の上で考える
あたしのどこが　悪かったのかな？
あたしのこと　ちょっとは好きでいてくれた？
きっと　あたしの全部が悪かったんだろうなって
きっと　あたしの言葉が軽過ぎたんだろうなって
どれだけ泣いても　涸れてくれないのかな
一日も早く　笑顔に戻りたいのにな

忘れる準備は　もう出来たよね
強がりじゃないよ　明日のこと考えてるよ
早く涸れないかな
あたしの未熟な気持ちと一緒に
どこかに消えちゃえ　心と涙
ばいばぁーい！

愛についての考察

あなたのどこが好きなんだろ？
首をちょっとななめにして
うーんって考える
腕も組んでみたりして
どこ？　うん、声が好き　安心するもの
ほかは？　うん、指が好き　しなやかに動くし
それだけ？　ううん、違う
きっと全部好きなんじゃないかな？
だって　いつも包んでくれる
だって　いつも叱ってくれる
あなたのどこが嫌いなんだろ？
口をちょっととがらせて
うーんって考える
指もくわえてみたりして

どこ？　うん、指が嫌い　私の鼻つまむんだもん
ほかは？　うん、口が嫌い　私の名前呼んでくれないんだもん
それだけ？　ううん、あれ？　さっきは好きだったのに……
そっか、私、つまりはあなたのすべてが
気になるんだ
それって、やっぱ、「愛」？

ユラユラの愛情

私のボスは　いつも黒い服にムチ
私のボスは　いつも黒いサングラスにタバコ
細くて長い指でタバコを持って
口からユラユラ白い煙を吐く
グラス越しにもわかるギラギラした眼差しで
私のすべてをなめるように見つめてる
私は私でボスの愛が欲しくって
ボスの言うまま　なすがまま
二人　寂しい者同士だから
ゆがんだ愛しか表現出来ないくせに
二人　一緒に居る事を選択するの
ムチと煙　そしてアルコール
身体すべてに傷を残して
液体まみれで眠りにつく

それが私とボスの愛
ゆがんでいても
二人にとっては純粋な愛
それがボスと私の契約
それが二人の最大の愛の証

乙女心ってこんなもん。

Ａｈー　どうして　あたし　素直になれないの？
そんなに悩むぐらいなら　ハッキリ聞けばいいのに
いつも　そうなんだから
大事なトコロでビビってる場合じゃないのに
Ａｈー　どうして　あたし　臆病なんだろう？
普段はガシガシ上司にだって文句言えるのに
いつもそうなんだから
肝心な時に弱くなってる場合じゃないのに
誰でも良いから　あたしの背中押してよう
君の勇気の十分の一で良いから　あたしにちょうだい
ポンッ！　って軽く押してよう
ほんのちょっとの勇気を分けて　今すぐ
そうしたらあたしも元気になるからさ
素直で元気な女の子になるからさ

HONEY

ねえ、知ってる?
二人だけのヒミツの話
あたしのお尻のヒミツ
うふふ、恥ずかしい
二人だけのヒミツが一つ増えるたび
距離が近くなるような気がするの
それってあたしだけじゃないよね?
あなたもそう思うでしょ?
あたしのおへそのヒミツ
うふふ、何だか嬉しい
あなたの背中のヒミツ
二人だけのヒミツで部屋の中はベタベタ
そうか、だから「ミツ」なんだ
エヘヘ

部屋もベッドも車も公園も
「ミツ」でいっぱい
あふれてるね　皆の「ミツ」が
何だか楽しい　そんな気分

涙

どうしても涙が止まらない
泣いちゃダメだ！　って思えば思うほど
涙でいっぱい　足元に小さな水たまり
私が馬鹿なだけなのに
涙があふれて　アスファルトに水たまり
誰も悪くない　ただ私が愚かなだけ
わかってるの　私が馬鹿なだけだもん
それでも涙が止まらない
干からびるまで　泣いてしまおう
明日笑顔になるために
明後日元気になるために
だから今夜だけ　思い切り泣いてもいい？
ホラ　足元の水たまり　オイルかな？
キレイな虹が出た

だから今夜だけ　思い切り泣かせて
涙を全部流したら
きっと笑顔に戻るから
涙の滴　真珠みたいね
キレイな虹と真珠
涙も悪くないよね

眠る

薄明かりの射し込む海底で
ひっそりと暮らす女が一人
小さな泡が一つ二つ
女の甘い息の匂いが漂う
わずかな情事に身を委ね
泡は吐息へ変わりゆく
「このまま時間が止まれば良いのに」
口に出しても無駄な事を
ポツリと呟いて
今宵も一人海底で眠る
ただひたすらに
永遠のかけらを探して
ひっそりと眠る
薄明かりの射し込む海底で

にゃんこ、旅に出る

放浪にゃんこは今日もオデカケ
東へ西へ　南へ北へ
さみしいから陽だまり求めて
あっちへフラフラ　こっちへフラフラ
やっと見つけた暖かい庭も
わんこに見つかり　ハラハラドキドキ脱出劇
次に見つけたポカポカ縁側も
おじいとおばあに追い出される始末
そんなこんなで
放浪にゃんこは今日もオデカケ
いつまで続くかわからないけど
にゃんこの旅は今日も始まる
東へ西へ　南へ北へ
さみしさ埋める陽だまり求めて

しっぽフリフリ今日もオデカケ

LOVE↓PEACE

楽しいな　嬉しいな
だって今日は待ちに待った
逢瀬なの　逢えるのよ
身体すべてで　愛を伝えるの
身体すべてで　愛を受け止めるの
逢ってる時は　恋人なのよ
目一杯甘えて　キスの嵐
離れてる時は　他人なのよ
言葉を交わす事すらなく
ただただ　その日を待ちわびる
抱かれてると　とっても幸せ
肌の温もりが　とっても安らぐ
吐息が交ざれば　二人の世界
LOVEとPEACEは同じじゃないけど

ＬＯＶＥがＰＥＡＣＥに変わる事もある
そんな瞬間がたまらなく愛しい
楽しいな　嬉しいな
身体すべてで　愛を伝えよう
身体すべてで　愛を受け止めよう
別れた後の寂しさを
全部ＰＯＷＥＲにすりかえて
ＬＯＶＥをＰＥＡＣＥへ導こう
次に逢う時まで泣かないように
ＬＯＶＥとＰＥＡＣＥをＰＯＷＥＲにすりかえて
身体すべてで　心すべてで
この愛を伝えよう
今度逢えるその日まで
泣かないように　歩けるように
楽しく嬉しくＬＯＶＥとＰＥＡＣＥを
唄い続けよう

そうすればきっと明日が微笑んでくれるから
楽しく嬉しく甘い時間を
過ごせるように
LOVEとPEACEを唄い続けよう

SUMMER LOVE

陽気にはしゃぐ彼は皆の人気者
周りにはいつも笑い声
真夏のひまわりみたいだね
キラキラ眩しい弾ける笑顔
つられて私も笑い出す
いつか涙に変わるかも
それでも私は笑ってみせる
彼も周りも気にせずに
心の底から湧き上がる喜びに
無償の笑顔で太陽に溶け込む
ひまわりに負けないぐらい
夏に溶けて　私は愛を知る
明るく楽しく眩しい彼を
独占したいが為に

私は夏になる
眩しい笑顔が似合う夏に

線香花火

どうして泣くの？
海岸で花火をしようって
誘ったのは君なのに
さっきまであんなに楽しそうに
笑っていたのに
線香花火がゆっくりと
僕等の目の前で落ちてゆく
ポトリと火玉が落ちる度
君の瞳一杯の涙が零《こぼ》れゆく
急に真面目な顔で
「ゴメンネ」なんて
言うなよ　言わないで
最後の一本が消える時
君は何を言うの？

恐くて聞けない僕は
君にそっと口づけて
涙の意味を知った
夏の終わりと共に
線香花火と一緒に
砂浜にポトリ
落ちて消えていった
十八の夏

別れ

「他に好きな人が出来たの」
急に冷静な顔で　そんな事言うなよ……
俺のどこが気に入らなかった？
お前だけをずっと愛してるのに
俺の何がダメなんだ？
気持ちだけは負けないのに
俺の愛情では満足できない？
いつも傍にいられないから？
それとも何か足りないモノでも？
「私が他の男性《ひと》と何してたか気になる？」
唐突に真面目な声で　そんな事言うなよ……
気になるに決まってるだろ？
どんなに平静を装ったって
お前の一挙手一投足が気になるよ

俺には無いモノがそいつにはあるんだな?
俺がどんなに吠えたところで
お前の気持ちは戻ってこないんだろ?
だったらせめて
別れ際にそんな事言うなよ
「楽しかった。バイバイ。」って
笑ってくれよ
別れの形はせめて笑顔で
そうすれば俺だって
次の一歩が見えてくるし
頼むよ　笑ってサヨナラしてくれ
最後のワガママ聞いてくれ
お前の幸せ祈るから
笑顔で俺と別れてくれよ

あたしの心、バクハツ寸前

あたし　最近ちょっと変
ある人の事を考えてると
胸のドキドキが止まらない
声を聞いたら　もうダメ
頭の中はその人でいっぱい
今何してるのかな？
ちゃんとご飯食べたかな？
夜はぐっすり寝てるのかな？
思考回路がショートしちゃう
自然に心もヒートアップ
バクバクって音が
いつまでも鳴り響いて　うるさいかも
元気なのかなあ……
会いたいけど会えないから

余計ドキドキするのかな?
同じ空の下にいるのにね
隣に眠るtiny girl
邪魔できないし
手が届かないから
あたし　ずっとドキドキするのかな
ひとつだけ聞きたいことがあるんだけどな
TELしちゃダメだし　メールもダメ
声を張り上げて唄っても
きっと届かないよね
「少しはあたしの事、好きでいてくれた?」
ひとつだけ聞きたいことがあるんだけどな
いつか会えるかも
迷惑かけないから
こっそりと答えて
「少しはあたしの事、好きでいてくれた?」

愛すればこそ

一人の人を心底愛したことある？
心も身体もすべて支配されるぐらい
自分の身体なのに征服される喜び
そう　私はイヌ
そう　私はペット
そう　私は玩具
支配される快感
絶頂はずっと右上がり
心底愛して愛されて
初めて私は幸せ見つけた
支配　快楽　絶頂　堕落
欲情　恥辱　淫靡　猥雑
私の心と身体はあなたのモノ
さあ　今日も私を支配して

一緒に奈落の底まで駆け降りたい
さあ　今夜もショーの始まり
私は支配されるあなたの玩具

リズム

いつから私達のリズムは
狂い出したんだろうね
お互いを思いやる気持ちを
忘れてしまったんだろう
昔はあんなに近かったあなたが
今はとても遠くで呼吸している
もう戻れないのかな
あの頃の二人に
手を繋いで埠頭を散歩した頃に
タイムマシーンがあれば良いのにね
何をしてもダメなのかな
互いに見つめ合ってた頃の二人
とても幸せだったよね
時を戻せないなら

前を見るしか無いんだね
その先がどっちに転ぶかわからないけど
狂ったリズムを見つめ直す
そんなゆとりが欲しいね
結果はともかく
お互いに一歩前進してみない？

回想

あなたの声が聞きたい
あなたの顔が見たい
あなたの肌に触れたい
あなたの傍にいたい
私のすべてを委ねたい

覚えてる？　二人で歩いた坂道を
キャンパスに続く長い道
いろんなことを話したね
いつもよりちょっと時の流れが早かった
覚えてる？　二人で眺めた人込みを
窓際の席で二時間
コーヒー一杯で街行く人を見ていたね
いつもよりちょっと時の流れが緩やかだった

覚えてる？　二人でしゃがみ込んだ雑踏を
繁華街は明るく賑やか
朝が来るのを待ちわびた
いつもよりちょっと時の流れが慌しかった
覚えてる？　二人で並んだあの海岸
夜中にこっそり寒い日
缶コーヒー握りしめて黙って海を見てた
いつまでも時が止まれば良いのにって思ってた

あなたの声が聞きたい
あなたの顔が見たい
あなたの肌に触れたい
あなたの傍にいたい

叶わぬ夢だとわかっていても
あなたの傍にいたかった

私のすべてを委ねたかった
バカな私を許してね
あなたと一緒に年を取りたかった
これが今の私の正直な気持ち

セックスジャンキー

てっぺんからつま先まで
私のすべてを　舐めて　キスして
あなたのその口で
顔から身体のラインまで
私のすべてを　撫でて　触れて
あなたのその指で
瞳から心の奥まで
私のすべてを　覗いて　見つめて
あなたのその眼で
もう　私はあなたの支配無しでは生きてゆけない
そう　私はあなたの奴隷　おもちゃなの
ひとつずつ　はがされていく布
ひとつずつ　あばかれる私
後戻りは出来ないわ　したくもないし

だって私はセックスジャンキー
あなたの忠実な犬　メス犬なの
二十四時間あなたに支配されて
エクスタシー感じる
そんな私はセックスジャンキー
誰にも止められない　走り出しちゃったから
どこまでも堕ちるわ　メス犬だもの
私のすべてをあなたのすべてで支配して
あなた無しでは生きてゆけない
私はセックスジャンキー

百年の恋

泣いて泣いて　涙も涸れ果てた
一生懸命　忘れようとしてる
他の事を考えて　頭の中から消そうとしてる
なのに
夜になると　思い出すのはあなただけ
目が覚めると　浮かぶのはあなたの顔
泣いて泣いて泣きはらしても
違う事で頭の中をいっぱいにしても
消えない　消せない　あなたなら
私はその思い出だけで　一生生きてみせましょう
あなたへの気持ちを心に秘めて
百年生きてみせましょう
あなたの知らないところで
私は一生　思い出と共に　生きてみせましょう

愛のことば

「愛してるよ」　それは私が一番欲しい言葉
切ない程に　誰かを想った時一番欲しい言葉
軽々しく言えない言葉だから
そのひとことに重みがある言葉だから
ちっぽけな夢だけど
しっかりとその腕に抱かれて
真っ直ぐ瞳を見つめあって
囁いて欲しいの　聞こえない程の小さな声で
「愛してるよ」
「お前がすべてだ」
「守るよ」
チンプかもね
でも　これは私が一番欲しい言葉
あなたには理解《わか》らないかも

でも　これは私が一番欲しい言葉

魔法の声

囁くような　かすれた声で　あなたが唄う
「お前さえいれば」
それがどんな魔法よりも強い効き目があるの
私　あなたの声が好き
聴いてるだけで宙を舞う気分
まるでお姫様気分
あなたのウィスパーヴォイスは魔法の呪文
あなたのウィスパーヴォイスは魔法の言葉
それだけで私　お姫様になれるわ
囁くような　かすれた声で　あなたが唄う
「お前さえいれば」
ああ　今夜も私はお姫様
もっともっと　囁いて
私だけに唄って

「お前さえいれば」

オニギリ

「おはよう」って言いながら　ニッコリ笑って手渡すの
あたしが作ったお弁当　不細工なオニギリ
味はどうかな？　形悪すぎ？　みっともない？
でもあたし　不器用だから
こんな事しか出来なくてゴメンネ
君への愛情表現　下手くそすぎ？
一生懸命作ったんだよ
形は悪いけど　ギュッて愛も一緒に
目一杯握ったの
美しくないかも知れないけど
あたし　こんな事しか出来ないもん
もっと上手に気持ちを伝える事が出来れば
もっと素直に気持ちを伝える事が出来れば
他の人に負けたくない　負けないもん、気持ちだけは

君が泣けば　あたしも泣くよ
君が笑えば　あたしも笑うよ
君が手を握れば　あたしも強く握りかえすよ
それじゃダメかな？
そんな事を考えながら
笑って手渡す　不細工なオニギリ
「行ってらっしゃい、気をつけて」
笑顔の裏でビクビクしながら
あたしが作ったお弁当　手渡すの
食べてね　残さず食べてくれると良いな
これがあたしの一日の始まり
頑張ろう、今日も！

月光　ベートーヴェンより

激しい雨が降る夜中
僕は君に逢うために高速道路をひた走る
君への思いにかられて　君に逢いたくて
僕を走らせるのは　ただただ君への愛
許されない愛だと知っていても
君がいなくちゃダメなんだ
君が欲しい　君が欲しいよ　君が欲しいんだ
それだけじゃダメかい？
僕に出来るすべてを　君に捧ぐから
僕の横にいてよ　いて欲しいんだ
君と二人なら　きっと
どんなに高い壁でも乗り越えられる
僕はずっと君を支える　守る
君がずっと僕を励ます　支える

そんな関係じゃダメかい?
夜の高速ぶっ飛ばして行くよ　君のもとへ
雨なんかに負ける僕じゃない
ホラ　雲の切れ間が見えてきた
薄く射し込む月明かりが　僕を君へと導くよ
君が欲しい　横にいて欲しい
ただそれだけで車を飛ばす僕は愚かかい?

素晴らしき人生

人はいつか
辛い過去も
今となっては遠い夢も
消化できる日が来るのだろうか
それがわからないから
僕等は毎日生きている訳で
その答えはどこかにあるんだけれど
簡単には見つからないんだね
だから人生は複雑で面白い

デラシネ

これといった目的もなく
主義主張なんてサラサラ無い
帰る場所すら見当たらなくて
ふわふわ　ただ現実を漂うだけ
ありふれた日常を当たり前のように
受け入れるだけ
流されるだけ
そして明日にはまた別の街へ
そしてそこでも
受け入れるだけ
流されるだけ
永遠に　流されるだけの日々

MOON

何をしたら良いのかわからない
何処へ向かえば良いのかわからない
何をすれば楽しいのかわからない
何が好きなのかもわからない
毎日が退屈の連続で
毎日が憂鬱との闘いで
それでも明日はやって来る訳で
ねえ　お月様
私の道は何処にあるの?
私の心は何処にあるの?
追いかけても追いかけても
逃げて行くのね
逃げても逃げても
追いかけて来るのね

ねえ　お月様
あなたならわかるでしょ？
私の道を教えて
私の心を教えて
何をしたら良いの？
何処へ向かえば良いの？
何をしたら楽しいの？
何が好きなの？
毎日が退屈の連続よ
毎日が憂鬱との闘いよ
それでもあなたは朝焼けに
消えて行ってしまうのね
ねえ　お月様
教えてちょうだい
私の道を　私の心を
ねえ　お月様

逃げないで
追いかけるから
教えてちょうだい

羽根

果てしなく続く　この砂漠の向こうに
何があるというのだろうか
何が見えるというのだろうか
何もわからないまま
僕は飛び続ける
地平線の彼方に夕陽が沈む頃
何があるというのだろうか
何が見えるというのだろうか
何もわからないまま
僕は飛び続ける
いつかきっと
僕にも見えるはず
この砂漠の向こうに
この地平線の彼方に

旅人を待ちうける何かが
ユラユラ揺れる蜃気楼の彼方に
きっと何かがあるはず
きっと何かが見えるはず
それまで僕は飛び続ける

たんぽぽ

花になりたいな
春になると咲く、あの小さな黄色の花に
だってね　踏まれてもへっちゃらなのよ
（だって雑草だもん）
だってね　毎年しっかり同じ場所にいるの
（引っこ抜かれない限り）
それでね
花の季節が終わったら
今度はふわふわの綿毛を身にまとって
風にユラユラしながら綿毛を飛ばしていくの
どこか新しい場所に根付くのよ
だってね　場所から場所へ移動出来るのよ
（だって綿毛だもん）
だってね　毎年子孫を残せるの

（ちゃんと綿毛が飛んでくれればね）
それでね
次の年にはいろんな場所で
太陽に向かって笑うのよ
小さな黄色い花を一斉に
太陽に向かって笑うの
そんな花になりたいな

あの頃

あの頃に戻りたい
水たまりに映る
ガソリンの虹が綺麗に見えたあの頃に
あの時に戻りたい
皆で海ではしゃいだあの時に
あの夜に戻りたい
凍えるような夜中
ぼんやり海を眺めてたあの夜に
戻りたい　戻りたい
いつも思うの　苦しいの
こんな大人になりたくなかった
もっと違う道を歩きたかった
いつも思うの　切ないの
でもね　後戻りは出来ないの

だから毎日生きてるの
退屈な毎日を一生懸命生きてるの
あの頃に戻りたい……

2001・1・17　神戸にて

この街はダイスキ
いろんな想い出が眠ってるから
あそこの路地ではしゃいだな
この坂道でいろんな宝物を見つけた
ここを真っ直ぐ歩けば
私の生きた証があちこちに残ってる
懐かしいこの街はダイスキ
一つ一つの道に
一つ一つの曲がり角に
あの頃の私が笑ってる
こっそり泣いた海岸もそのまま
ここに戻ればいつだって
私の生きた証があちこちに残ってる
久しぶりだな

ダイスキなこの街を歩くのは
お店は変わったね
道も少し変わったみたい
でも匂いはそのままだ
私の知ってるダイスキなあの街
何かが足りないような気がする
ああ、そうか
この街にはもう君がいないんだ
この風景に君が欠けてるんだ
いつまでも同じままなんて
そんな事はないもんね
君のいないこの街は
少し風が冷たいような
そんな気分がしたよ、今日
ダイスキなこの街
これからもダイスキなこの街

君がいなくても
これからもずっとダイスキなこの街

BANG!

一本の道を歩くだけの私
足元にはただぬかるんだ泥があるだけ
私には何も無い
富?　名声?　地位?　学歴?
どこにもそんなものは無い
あるのは汚れた過去と虚飾の人生
与えられた道を歩くだけ
手に残るのは　いつか感じた温もりがひとかけら
私には何も許されない
自由?　権利?　平等?　資格?
どこにもそんなものは許されない
あるのは不透明な未来と値打ちの無い命
そしていつか聞こえるだろう
人々の耳に噂として流れるだろう

自分で自分を殺すしかない
惨めな女の存在が
私の最期が私の唯一の証
そして響く
この荒野に　あの砂漠に
右手で自分を殺す女の息遣いが
そして一発の銃声が
それで終わり
自らの存在証明に死を選んだ女の生き様を
さぁ、とくとご覧あれ

旅

旅は良いよね
当てもなく　フラフラと
どこ行くわけでもなく
ただただフラフラと
ボンヤリしてても怒られない
どこかへ繋がる夜空
誰かが祈りをささげる星
ひとりひとりに宇宙が
あるんだよって
みんなに公平に宇宙が
あるんだよって
旅はいろんなコトを
教えてくれる
旅は良いよね

今度は君も一緒に
旅は良いよね

ゴメンネ

ごめんね。ごめんね。ごめんね。
Sちゃんに　ごめん
Kちゃんに　ごめん
いっぱい　ごめん
ごめんね。ごめんね。ごめんね。
M君に　ごめん
O君に　ごめん
たくさん　ごめん
ごめんね。ごめんね。ごめんね。
太陽に　ごめん
青空に　ごめん
白い雲　ごめん
砂浜も　ごめん
お月さま　ごめん

そんな自分に
目一杯　ごめん

ファイト！

今更言っても　ダメなモノはダメだよね
大事なヒミツはあたためてるだけでは
すぐに腐っちゃうよ
しまう勇気も大事だけど
ヒミツをさらすもまた大事
いつまでも怖がってたら
どこかへ逃げちゃうよ
手にすることが出来るかもって
心のどこかで思ってるなら
感じているのなら
自ら開けてみようよ
ダメでもともと
言うだけだって　十分立派だよ
背中押すから　ホラ　頑張って

「言うこと」それが大事なことなんだよ
見守ってるから　ホラ　ファイト！

愚かなヒト

私はずるい
知ってるくせにウソをつく
知らない振りして呼吸する
私は卑怯
弱いくせに強がってみる
虚勢を張って生きている
私はバカだ
泣きたい時は笑ってみせる
笑顔の後ろで泣いている
私は幼稚
独《ひと》りが恐いくせに
独《ひと》りぼっちになってみる
いつも自分の思いと裏腹に
他人にすべてを見せないように

私の心を見せないように
曝《さら》け出す勇気を持たずに
毎日生きている
遠い過去や果てしない未来に
うつろな夢を追いかけながらも
毎日小さく呼吸している
自分の価値さえわからずに
ずるくて卑怯でバカで幼稚な私は
小さく小さく息をする
未だ見ぬ明日も
同じ事を繰り返すだろう
自分の愚かさを呪いながら　笑いながら
明日への糧も無いままで
それでもゆらりと漂いながら
小さく呼吸をしているだろう
眠りにつく自分を笑いながら

ちっぽけな私

誰かに抱きしめてもらう時の温もりを知ってる
甘い吐息とむせかえる熱気が心地良いのを知ってる
自分の存在を証明したい時は
誰かに抱きしめてもらうのが一番良い
誰かにとって必要であればそれで良い
私の存在は薄っぺらで　これといった値打ちも無いから
抱かれている時が何よりも安らぎを与えてくれる
一人ぼっちの小さな私は
誰かを求めて街をさ迷う
ほのかな温もりと甘い吐息と熱気が欲しくて
誰かって誰?
誰かは永遠に私を必要としてくれるの?
違うってわかってるのに
それでも私は街をさ迷う

私の存在を確かなものに変えてくれる
誰かを　何かを求めて
そんな事をボンヤリと考えては
小さな私は今日も誰かに抱きしめられる
一瞬だけでも安らぎが欲しくて
形だけでも温もりが欲しくて
いつまで続くかわからない
無意味だけど有意義な旅を続ける
小さな私を見つけてくれるその日まで
私の旅は終わらない
ちっぽけな存在を認めてもらえるその日まで
私はさ迷い続ける
雑踏の中を　独《ひと》り歩いてゆく

Happy? my life

何気に手にしたCDは
ジャケットがカッコ良かった
名前も知らないミュージシャンだった
訳わからんうちに買ってしまった
部屋に戻って聴いてみた
アコースティックな音が心地良い
ついでに歌詞も読んでみた
「俺の事か?」って聞きたくなったよ
日常的な出来事の羅列
さえない男のみじめな唄
こいつも俺とおんなじ生活してんの?
こいつもみじめな思いで眠る時があんの?
そんな事をボンヤリ考えてたら
CDは静かになり

俺の部屋は孤独じゃなくなった
やっぱ　皆　結構しょぼい
さえねー　みじめ　だらしねー
世の中俺と同じ男が一杯いる
皮肉な笑みを浮かべて
俺は部屋で一人　解放された気分
今度　こいつのCD探してみよう
俺と同じ視点かも
ちょっと笑って　俺はパスタを茹でよう
音楽に救われるとはな
でも　けっこー楽しい生活かも

21st century

街は排気ガスだらけ
オゾンは益々薄くなる
都会の空でも星が見える
そんな時代がやって来た
違う
俺が望んだ21Cは
こんな生活じゃねぇよ
いつか俺の身体は土に還る
生まれた土に戻るだけだ
戦争なんかやってる場合じゃねぇだろ?
人は皆　土に還るんだぜ?
自分の惑星《ほし》を守るのが先だろ?
理想論だの甘ちゃんだのって
うるせぇな

俺の21Cはもっと輝くはずだ
俺は自分に出来る事をする
だから
お前らもこの惑星を大事にしろよ
自分の最期を考えろ
歴史は繰り返すなんて
そんな定説忘れろ
21CをHAPPYに過ごそうぜ
とりあえず俺は俺なりに
駆け抜ける　すっ飛ばす
お前らも21Cを
駆け抜けろ　すっ飛ばせ
惑星もひとつの命なんだぜ
それを忘れるな
俺は突っ走る
21Cを　この街を

駅

気がつくと私は列車に乗っていた
どこへ向かう列車なのだろう
この際そんな事はどうでも良いとしよう
窓際に座っているといろんな光景が視界に映る
稲穂が目立つ　きっと田舎へ向かっているのだろう
急行なのだろうか　駅に止まったり通り過ぎたり
下車する人が増えてきた
一体何時なんだろう
窓の外は明るいのに
景色が色濃くなってきた
季節の変化を楽しめる土地へ向かっているのだろう
何色もの色が混ざる　すみやかに　時に　おだやかに
どこの駅だったか　少女が一人プラットホームに立っていた
涙がこぼれているように見えた

何かを見送ったのか　それとも何かを待っているのか
かつての私のように
列車は彼女の立つ駅には止まらなかった
少女はあそこで何を見るだろう
いろんな想いを心に秘めて立ち尽くすのだろうか
かつての私のように
やがて列車は止まった　この駅が最後らしい
終着した所　そこは遠い昔に私が置いてきた
「汚《けが》れなき心」と言う名の駅だった

謝々！

私の中に天使と悪魔
二人はとっても仲良しで
時々一緒に私をからかう
生身の私をいじめてる
気取った私を嫌うから
二人一緒に私の本音を聞きたがる
飾った私が嫌いだから
そそのかされた私は
おもわず心を曝け出す
泣いてしまってもすべてを見せる
こんな私でも良いのかなって
不安になるけどこれが私
二人がいるから泣けるんだ
たまには感謝でもしようかな

「泣かせてくれてありがとう」
私の素顔が見たければ
二人に言って
きっと私をからかうから

三日月

夜空見上げて　三日月を指差して君が言う
「君みたい」
何かが足りない　不完全ながら輝く
何が欠けてるのかな？　ちゃんと輝いているのかな？
私にはわからないよ　三日月の位置すらわからない
「あそこにあるよ」
教えてもらってもわからない　ボンヤリした光しか見えない
先っぽに何か引っ掛かってる？　夢のかけらかな？
私にはわからないよ　月明かりとネオンが交差する
「ホラ、見てごらん」
指差す夜空眺める　薄ボンヤリとした三日月
何か足りない　でもかすかに光ってる
先っぽに引っ掛かってるのは　私自身？　それとも希望？
何だろうね　わかる必要などないのかもしれない

きっといつか　その答えがわかる日が来るよって
君がそう言うなら　私はその日を待つね
ここでずっと　待ってるね

女ソルジャー、出発！

あー……今日もユーウツな一日の始まり
あー……今日もタイクツな一日の始まり
毎日同じ事ばかりの繰り返し
皆平気なの？　飽きないの？
回転木馬だって景色が変わるのに
同じ制服　同じ仕事　同じランチ
あー……どこかに行きたいな
ユーウツ、タイクツからの脱出
マシンガン片手に脱出よ
待ってるだけじゃダメ　自分から攻めるのよ
そうと決まれば実行あるのみ
たった今から私はソルジャー
マシンガン片手にここから這い出して
広い世界を自分の手に

すべてを敵に回しても構わない
このユーウツ、タイクツから脱出できるなら
さあ、行くわよ　私はソルジャー
逃げたい人は一緒においで
マシンガン片手に走り回るわよ
さあ！

ボクの生き方

雑踏に紛れ込んで行き交う人達のざわめきに包まれる
孤独の好きなボクはそんな瞬間《とき》がたまらなく心地良い
誰からも　何からも　束縛されない
誰からも　何からも　束縛されたくない
ボクは独りで生きていたい
勿論メシを食ったり服を買ったり
第三者の「ちから」が加わっている事は事実
だけどボクは独りで生きていたい
心の中に土足で踏み込まれるぐらいなら
ボクは孤独を選ぶ　孤独を愛す
誰かの援助が必要になるぐらいなら
ボクは眠りを選ぶ　眠りを愛す
人込みの中でいつも思う
たとえ野垂れ死にしようとも

ボクは独りで生きていたい
ボクは独りで生きてみたい

タカラモノ

一度手放してしまったモノの
大きさや大事さを私は知っている
一度手放してしまった後の
虚しさや寂しさを私は知っている
それがどうしたと言われれば
それまでの話だが
弱虫な私には結構大きな問題だったりする
どうしてあの時信じる事が出来なかったのか
どうしてあの手を離してしまったのか
悔やんでも悔やんでも
悔やみきれない未消化の気持ちを
引きずったままに生きる私を
人は見苦しいと言うだろう
情けないと罵るだろう

もしも今
あなたが大事な何かを見失ってしまっていたら
これだけは忘れないで
一度手放した大事な宝物は
二度とその手に戻ってこない事を
悔やんでも元には戻らないって事を
あなたは私のようにならないで
その手で大事なモノをしっかりとつかまえて
こんな寂しさは私だけで十分だから
あなたは前を見つめてしっかり歩いてほしい
お願いよ　大事なモノだけは手放さないで
他を捨てても　大事なモノだけは見失わないで
それが私の小さな願い

あとがき

日々生活していくのは結構難しい。世の中は自分独りで廻っている訳では無いからだ。何をするにも第三者の力が必要になる。当然の事なのだが。だからと言って他人に甘えてばかりいる訳にもいかない。自分の未来は自分で切り開くしか無いのだ。誰かの援助が必要になれば、それはその時、助言をしてもらえば良い。私はこの先何十年か何年か生きていく事になるだろう。私の身が大地に還る時、それが何時なのかはわからないが、出来る限り私は自分の足で大地に立っていたい。

私は常々「遠い未来を危ぶむよりも、今日一日をどうやって楽しく生きるべきか」と考えている。人はこれを「刹那的」と呼ぶが、私の中では「ポジティヴ刹那」と呼んでいる。別に死に急いでる訳でもない。壮大な未来計画を思い描いてる訳でもない。ただただ純粋にその日その日を大事にしたいからだ。その瞬間の自分を大事にしたいのだ。誰かを傷つけてしまうかもしれない。その危険性は十分にある。だが、それを恐れて自分を殺して長生きするよりも、その日を楽しみながら暮らしたい。我儘と言われようとも、だ。他人を傷つけるのは最小限に留め、自分を殺さずに生きる、簡単に見えてこれは難しい。だからこそ、私は自分のモットーを「ポジティヴ刹那」と呼び、実践している。結果は私の体と心が朽ち果てた時、側にいる誰かが見届けてくれればそれで良い。私には私なりの生き方がある、それが解っているだけでも自分は幸せだと思う。
何時も見守ってくれる友人達、不安定な心を支えてくれる大事な人、支持、指導してくれたスタッフ、ここまで読んでくれた貴方。どうもありがとう。皆の幸せと健康を祈ります。

大事なあの人に一言。「私は元気です。貴方もどうか、お元気で。」

椎野さちほ

二〇〇二年四月

著者プロフィール

椎野　さちほ（しいの　さちほ）

1970年代生まれ。
音楽、サッカー、岡崎京子、南Q太、中川いさみがダイスキ。
放浪の民になる事を夢見ている。
2000年、詩集『コスモスの揺れる丘』発表。詩作活動中。

ちっぽけにゃんこ、旅に出る

2002年6月15日　初版第1刷発行

著　者　椎野 さちほ
発行者　瓜谷 綱延
発行所　株式会社文芸社
〒160-0022　東京都新宿区新宿 1-10-1
電話　03-5369-3060（編集）
03-5369-2299（販売）
振替　00190-8-728265
印刷所　株式会社平河工業社

ISBN4-8355-3983-4 C0092